LES
JARDINS EN CHAMBRE

ET

SUR LA FENÊTRE

PAR FLORAMY

Prime du Journal LE VOLEUR ILLUSTRÉ

pour 1870

PARIS

AUX BUREAUX DU JOURNAL

66, RUE DU BAC, 66.

S

LES

JARDINS EN CHAMBRE

ET

SUR LA FENÊTRE

S   NAL

PARIS. — TYPOGRAPHIE DE ROUGE FRÈRES, DUNON ET FRESNÉ,
rue du Four-Saint-Germain, 43.

LES

JARDINS EN CHAMBRE

ET

SUR LA FENÊTRE

PAR FLORAMY

Prime du Journal LE VOLEUR ILLUSTRÉ

pour 1870

PARIS

AUX BUREAUX DU JOURNAL

66, RUE DU BAC, 66

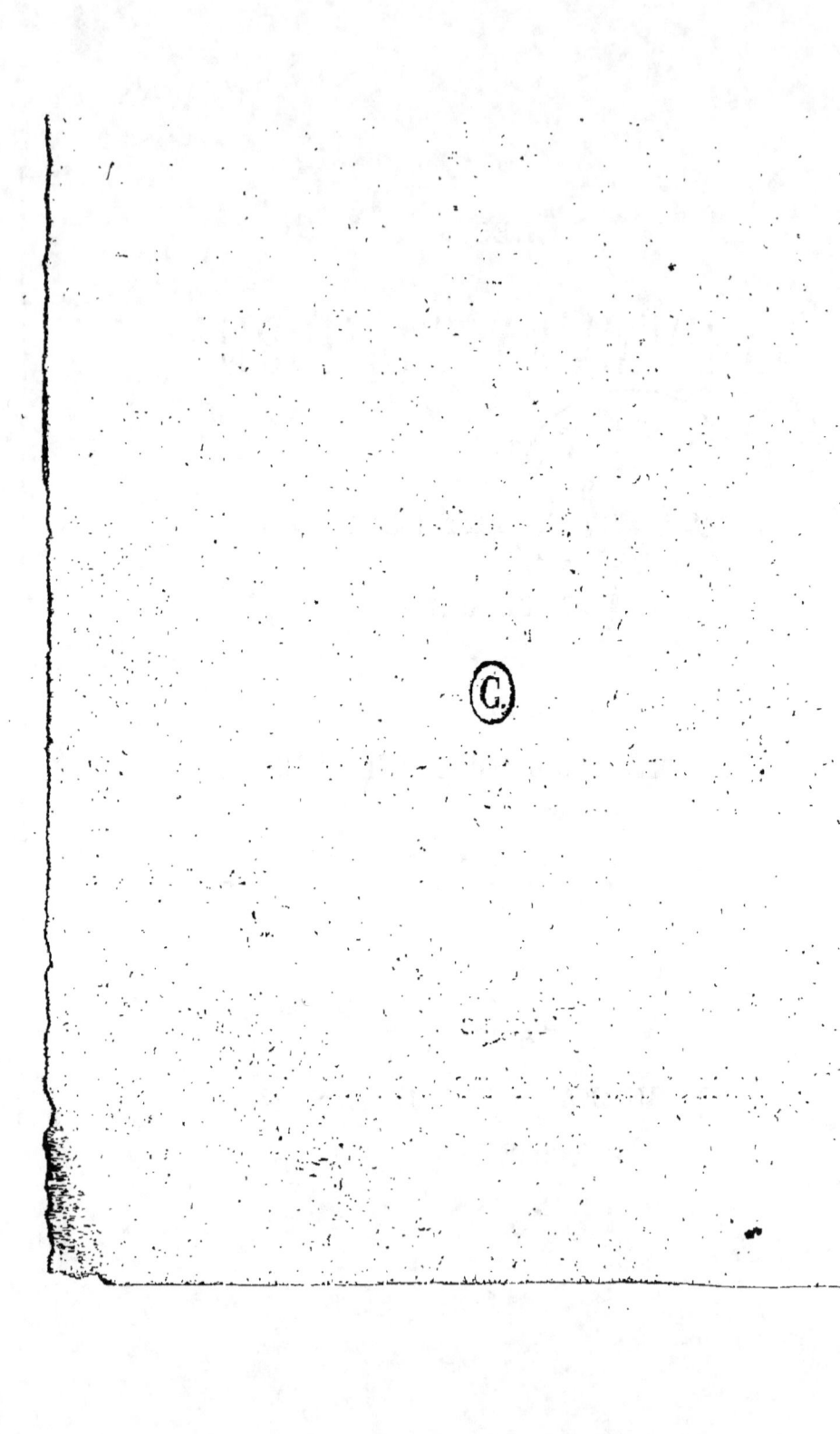

C.

INTRODUCTION

On peut ne pas aimer la poésie, le théâtre, la musique ou les épinards. Tout le monde aime les fleurs. Beaucoup désirent les cultiver eux-mêmes.

Bien peu ont l'heureuse faculté de posséder un coin de terre, où leur passion puisse se développer à l'aise. Aussi supplée-t-on à cette privation, résultat de la civilisation moderne, qui mesure à chacun l'étendue de sa prison, en créant des *jardins en chambre* et des jardins..... *suspendus à sa fenêtre.*

Le propriétaire crie bien quelquefois qu'on mouille et qu'on dégrade son parquet en arrosant; l'agent de police tremble bien de voir la grisette

écraser un passant, en voulant imiter Sémiramis;
mais, malgré cela, la petite culture va son train
dans les appartements et sur la croisée ou le
balcon de tous ceux qui se consolent de la mono-
tonie de l'existence et de la vue des toits en
contemplant les couleurs douces et poétiques
des plus merveilleux produits de la création,.....
après la femme.

Toutefois, nous osons le dire, les soins donnés
à ces chères fleurs sont, le plus souvent, aussi
maladroits que tendres. L'un arrose trop; l'autre,
pas assez. Celui-ci expose au soleil ce qu'il fau-
drait mettre à l'ombre.

Il y a toute une éducation à faire du jardinage
en chambre, non-seulement pour la conservation des plantes, mais encore pour leur achat,
leur choix devant varier suivant la saison, le
local, et suivant les occupations de leur propriétaire.

C'est cette étude vraiment populaire que nous

allons entreprendre, en donnant des conseils aux amateurs de cette délicate et pure distraction qui consiste à soigner, à voir pousser et s'épanouir une frêle et gracieuse fleur, témoignage éclatant de la séve et de la puissance productrice de la nature, image aimable du printemps qui sourit.

Nous tâcherons, tout en restant pratique, de ne pas être froid et ennuyeux.

Voilà, succinct et sincère, notre programme.

LES

JARDINS EN CHAMBRE

ET

SUR LA FENÊTRE

LES SEMIS

Vous tous qui consacrez dans votre petit budget
une faible somme pour le chapitre des *menus
plaisirs*, section : *fleurs,* vous ne devez pas dé-
penser votre argent à acquérir des produits
forcés en serre et sous châssis, qui, transportés
chez vous, mourront fatalement au bout d'une ou
deux semaines au plus.

Laissez-les aux riches, et si fraîches, si ten-
tantes que soient ces fleurs hâtives, contentez-
vous de les regarder et ne touchez pas... à votre
porte-monnaie.

Réservez votre argent pour faire provision des
graines, que vous sèmerez et que vous aurez le
plaisir de voir se développer peu à peu.

1.

Voici le nom de ces graines :

L'adonide, qui donne des fleurs jaunes au mois d'avril ;

Le basilic, plante aromatique; le silène et la clarkie aux fleurs roses, commençant à paraître à la fin d'avril ;

La giroflée de Mahon avec ses ponctuations lilas ;

Le pied-d'alouette, qui, dès le printemps, revêt diverses couleurs ;

Enfin la némophile maculée et la nigelle, bleues et blanches, et le réséda odorant qui mêlera son parfum à l'aspect verdoyant des autres produits.

C'est au milieu de cent graines analogues que je vous ai choisi celles que je viens de citer; la raison de mes préférences est, je vous le répète, dans le caractère particulier qui doit présider à la composition de votre jardinet.

Mais, j'y pense, savez-vous semer ces graines?

Non, probablement.

Je vous enseignerai, tout à l'heure, la meilleure méthode.

Quelles sont les plantes qu'il faut choisir pour composer son jardin en chambre?

Telle est la première question à nous adresser.

Posons d'abord ce principe, qu'il y a bien peu de plantes qui consentent à vivre dans l'atmosphère des logements des hommes.

Il semble que l'air des passions humaines ne convienne guère à la nature.

Quelques-unes peuvent toutefois, sans trop de répugnance, naître et se développer à côté de nous.

Citons en première ligne celles que l'on appelle les plantes grasses, nom dont la justesse me paraît contestable.

A parler vrai, l'aspect n'en est pas très-joli, mais elles affectent quelquefois des formes bizarres qui récréent la vue, et d'ailleurs elles poussent, grandissent chez vous, et vous satisfont ainsi par l'image de la vie que nous aimons à trouver dans tout ce qui nous entoure.

Après les plantes grasses, il y a les oignons à fleurs, notamment le *crocus* et la *tulipe*. Chaque pot se vend à un prix abordable, de dix centimes à cinquante centimes au plus, et les différentes variétés ont des couleurs pittoresques qui égaieront votre séjour.

Vous avez ensuite la *jacinthe*, dont la culture demande beaucoup de soins minutieux.

Je me garderai bien de nommer le trop aristo-
cratique camélia ; mais la *bruyère*, quoique un
peu passagère, et le *bégonia*, d'une conservation
plus facile, peuvent entrer dans la modeste composition d'un humble jardinet.

Gardez-vous surtout de céder à l'enthousiasme
résultant de l'éloquence des marchands et d'a-
cheter d'autres plantes pour lesquelles la serre
seule peut convenir.

Autre chose est la serre avec sa température
calculée et égale, autre chose la chambre avec
ses températures si différentes et si alternées.

Ne croyez donc pas que ce qui est bien venu
chez l'horticulteur peut continuer à venir chez
vous, et suivez mes indications, achetez les
plantes que je viens de nommer.

Vous trouverez plus loin des détails sur chacun
de ces produits, et sur la manière de les soigner.

La sagesse des nations dit que pour faire un
civet de lièvre, il faut un lièvre.

Pour semer des graines, il faut des graines, de
la terre et un pot.

Les graines, je vous les ai fait connaître.

Quant aux pots, tous sont bons pour les semis, j'entends les pots ordinaires.

Quant aux vases en zinc ou en porcelaine, dont,

Le Bégonia (Voir p. 13.)

par amour du luxe, on veut se servir, je les
proscris ; car leurs pores ne sont pas assez dilatés
pour donner accès à l'air ambiant, qui est essen-
tiel pour le développement des racines, comme
il est nécessaire à nos poumons.

Ce n'est pas seulement dans ce cas particulier
que le luxe est nuisible.

Ayez soin de faire au fond de ce pot un lit de
vieux tessons cassés menus : ce lit devra avoir
une épaisseur de 2 à 3 centimètres.

Le but de cet aménagement est de faciliter
l'écoulement de l'eau superflue des arrosages par
l'ouverture du fond du pot.

Occupez-vous ensuite du choix de la terre, qui
est un des points les plus importants du jardinage.

Un mélange en parties égales de bonne terre
ordinaire de jardin et de terreau conviendra aux
plantes que je vous ai indiquées. Il faudra y
ajouter, ou de la terre de bruyère (de la bonne
et non pas de la vieille, usée et sans suc), ou un
peu de terreau réduit en poussière fine, et bien
séché.

Vous remplirez ainsi vos pots sans les presser
autrement qu'avec le dos de la main pour unir
la superficie, et de façon que la terre, à l'inté-

rieur du pot, laisse un rebord vide d'un ou deux centimètres : vous sèmerez alors vos graines avec soin, en petite quantité, et bien distancées; vous tamiserez par-dessus votre terreau sec, ou votre terre de bruyère, et vous formerez ainsi une couche qui doit recouvrir les semis d'une épaisseur variant d'un demi-centimètre à deux centimètres, suivant la grosseur de la graine.

A ce moment se place l'opération de l'arrosage, opération la plus digne de soins.

L'eau de pluie est la plus saine. L'eau à boire est bonne aussi. L'eau de puits est médiocre.

Il faut que l'eau dont vous vous servez ait séjourné au moins vingt-quatre heures dans l'appartement, afin d'avoir une température égale à à celle dans laquelle vivent les plantes.

L'arrosage doit être modéré et fait avec un petit arrosoir à pomme à trous très-fins. Pour ne pas déplacer les graines, vous agirez prudemment en mettant sur le pot de la paille hachée, de l'épaisseur d'un centimètre, ou bien un peu de mousse.

Jusqu'à la germination, vous pourrez arroser deux fois par jour; dès que les pousses apparaissent, n'arrosez plus qu'une fois.

Si le temps le permet, il ne sera pas mauvais

de mettre un peu à la fenêtre vos pots contenant vos semis.

Mais que dans toute cette période vos soins
soient tendres, attentifs et éclairés ; c'est la première heure de l'existence, celle où, pour l'en-
fant, comme pour la fleur, se décide l'avenir.

Le Cactus (voir p. 18.)

MARS

Revenons maintenant aux fleurs qui doivent composer le jardin en chambre.

Nous avons mis en première ligne le genre *cactus*, *cactées* ou *cactiers*. Les espèces sont très-nombreuses et possèdent des noms du plus magnifique latin.

Nous ne sommes point assez pédant pour vous les énumérer : je pourrais vous dire que je vous recommande les cactus nains des genres opuntia, cereus, melocactus, echinocactus, et également le cactus mallisonii, le cactus grandiflorus, le cactus flagelliformis ; mais je préfère débarrasser votre esprit de toutes ces terminaisons scientifiques, et vous conseiller de choisir les sujets qui seront le plus à votre goût, quand vous les verrez étalés au marché.

L'aspect des cactus est des plus bizarres : vous suivrez votre penchant ; tantôt leurs tiges ressemblent à un melon dont les côtes sont hérissées d'épines et parfois de mamelons; tantôt elles sont formées d'expansions ovales qui semblent réunies par des articulations ; cette dernière disposition se fait remarquer dans le cactus vulgairement nommé *à raquette* et *semelle de pape.*

Les fleurs des cactus paraissent au mois d'août, plus ou moins hâtivement, suivant le degré et la nature des soins qui leur ont été donnés.

Elles sont ou d'un rouge pourpre fort éclatant, ou d'une couleur jaune et blanche. Leur odeur est celle de la vanille ou de l'orange. Malheureusement elles sont éphémères et ne durent qu'un jour ou deux au plus.

Si un petit détail historique et un renseignement industriel peuvent être glissés dans cette monographie du cactus, je vous apprendrai que le *cactier élégant* a fleuri pour la première fois en France, à la Malmaison et sous le regard de Bonaparte et de Joséphine.

Vous saurez, en outre, que c'est sur le cactus appelé *nopal* que vit la cochenille, ce petit insecte à l'aide duquel l'industrie produit de si belles nuances d'écarlate et de pourpre.

Quant à la culture, elle se résume dans les préceptes suivants :

Maintenez une température douce, de 10 degrés si vous pouvez ; arrosez très-modérément, une fois tous les quinze jours, changez la terre quand elle n'a plus de suc, c'est-à-dire tous les deux ou trois ans ; taillez les branches à une certaine hauteur : la séve arrêtée se répand, par ce moyen, dans le vieux bois qui produit les boutons préliminaires des fleurs ; supprimez toutes les jeunes pousses maigres, allongées, car elles sont nuisibles au développement de la floraison.

Ces précautions prises, laissez la nature suivre ses lois.

Si votre plante est malade, vous reconnaîtrez son état morbide à la décoloration de ses tiges, qui du vert passent au jaune, puis à leur mollesse.

Toute tige qui est flasque et qui a mauvaise mine, est un membre souffreteux d'un corps mal portant.

Pas d'eau ; de la chaleur, beaucoup de soleil s'il y a moyen, de la terre de bruyère, et la vie reviendra peu à peu.

La fleur est comme l'homme ; le moindre excès la tue : l'attention prévoyante et les soins intelligents lui donnent la santé, la force, le charme et l'épanouissement.

Avez-vous quelques rosiers chez vous?

Cela peut être, sans que vous possédiez autant de billets de banque.

Eh bien, voici le moment de les *tailler* et de les *rempoter*.

Je devais vous signaler cela, car c'est surtout en horticulture qu'il faut tout accomplir avec opportunité.

Procédez comme il suit à la première de ces opérations : la taille.

Vous enlevez, avec grand soin, votre rosier hors du pot qui le contenait, et vous considérez près du tronc quelles sont les branches qui n'ont plus de séve.

Vous retranchez sans pitié les dernières.

Quant aux premières, vous les *rafraîchissez* par le bout.

Vous continuez ensuite votre inspection, en remontant du côté opposé : quand les branches se trouvent trop près les unes des autres, vous sacrifiez celles qui sont au centre ; rarement elles portent fleur, et nuisent à la végétation. Les autres branches, tendant à s'éloigner du centre,

ont des produits plus nombreux et plus beaux.
Point de parasites dans la culture des fleurs : il
faut laisser ces inutilités à l'espèce humaine et à
la table des riches assez sots pour nourrir ceux
qui ont assez d'esprit pour vivre à leurs dépens.

Enfin, ne conservez aux branches restantes
que deux ou trois yeux au plus. C'est assez. Je
ne vous ferai pas la mauvaise plaisanterie de
vous dire que les cyclopes n'en avaient qu'un.

Quant au *rempotage*, il ne faut, bien entendu,
l'opérer que s'il est nécessaire. Au bout d'un
certain laps de temps, la plante a besoin de voir
son domicile changé et son entourage renouvelé.
Ce temps varie suivant la nature du sujet. Pour
les rosiers, une limite de trois ans me paraît la
limite extrême.

Le moment actuel est favorable, parce que
c'est celui où la végétation sommeille encore,
mais est sur le point de se réveiller.

On dresse le petit lit de tessons, ainsi que nous
l'avons indiqué, puis on verse un matelas de bon
terreau d'une épaisseur d'un tiers du pot.

Vous placez dessus votre rosier, et vous em-
plissez de terre la partie restant nue. Par une
légère secousse, faites prendre à votre rosier
ses assises, de façon que les racines soient bien

en contact avec la terre ; serrez alors celle-ci
tout autour du pot, par une habile pression, et
arrosez suffisamment.

Cette opération terminée, n'exposez ni au
soleil ni au froid votre nouveau *rempoté*, mais
donnez-lui cependant de l'air quand la température extérieure le permettra.

Par ces procédés, vous vous assurerez pour
la fin du printemps des roses au parfum déli-
cieux et aux couleurs chatoyantes, nées dans
votre maison ; et, grâce à vos soins, cette ré-
compense a sa valeur.

Un mot à propos des *giroflées*.

Dès le mois de mars, les marchés en sont
pleins ; elles sont à très-bon compte, et il faut
absolument que je vous conseille d'en acheter, en
vous donnant en outre des instructions à leur sujet. Donc, en ce moment, pour dix centimes vous
aurez une giroflée, la plus commune, il est vrai,
celle qu'on appelle giroflée de muraille, violier
jaune ou ravenelle.

Il y a trente-huit espèces de giroflées, dont
huit sont naturelles à la France : celle dont je
vous parle est la plus vulgaire : on la trouve
partout, dans les jardins les plus humbles, sur

les vieilles murailles, dans les trous de tours antiques, dans les fentes de rochers ; toutefois elle n'en a pas moins une couleur d'un jaune éclatant mêlé de brunâtre et une odeur suave, qui la rendent vraiment digne de culture.

Les giroflées à 10 centimes sont, vous le comprenez, en bourriche. En pot, elles vous coûteraient davantage ; mais qui vous empêche d'avoir dans un coin frais de votre appartement, dans un petit baril, de la terre mélangée, ainsi que nous l'avons déjà dit plusieurs fois, et quelques pots ordinaires ? Vous achetez au marché dix pieds de giroflée, vous accomplissez le petit travail de l'*empotage;* ainsi, pour vos 20 sous, vous avez un bouquet suffisamment épais de plantes aromatiques, et durant longtemps, car vous avez chance de les voir traverser le printemps et l'été, fraîches et renouvelées tour à tour.

La giroflée est de bonne constitution et n'exige pas, en conséquence, des soins particuliers et minutieux.

Le point important est que, pendant la mauvaise saison, on la préserve de la gelée et de l'humidité ; sauf cette précaution, on peut la laisser le plus possible à l'air.

Le Rosier (voir p. 21.)

Peut-être ne sera-t-il pas indifférent à mes lecteurs de connaître comment les horticulteurs parisiens, qui cultivent les giroflées en grand, distinguent dans le plant encore jeune les pieds dont les fleurs seront doubles de ceux qui n'auront que des fleurs simples. Or, vous le savez, les giroflées doubles sont appréciées par les amateurs.

Pour se guider dans ce triage, le simple tact suffit. Lorsque le plan, encore petit, n'a que peu de feuilles, on le prend avec les doigts en serrant quelque peu et allant de bas en haut. Si on sent alors entre les feuilles un corps déjà renflé assez fortement, formé par l'inflorescence naissante, on conserve le pied, qui aura les fleurs doubles; dans le cas contraire, la plante est mince dans toute sa longueur, et elle aura des fleurs simples.

Voici encore une plante dont la floraison a lieu vers la fin de mars, et successivement jusqu'à la fin d'avril, suivant la nature des sujets : c'est la *jacinthe*.

Vous connaissez tous sa beauté, son odeur pénétrante, son riche coloris. Vous voyez au milieu de ses feuilles longues, planes et pointues, d'un vert doux, s'élever une hampe charnue, haute de plus de trente centimètres, terminée par un épi. De jolies fleurs en entonnoir, renflées à la base et partagées jusqu'au milieu en six divisions. — La culture en a obtenu de toutes les couleurs, blanc, rose, même rouge ; le bleu de toute nuance, le jaune pâle ; il y en a de simples, de doubles et de pleines.

La jacinthe mériterait donc un long discours.

Bornons-nous aux indications pratiques.

C'est en septembre ou en octobre que doit se faire la plantation : il ne s'agit donc actuellement que des jacinthes déjà venues, et non pas d'oignons à cultiver.

Par conséquent c'est au marché qu'il faut vous adresser et choisir, non pas l'oignon tout nu, mais la jacinthe en fleurs : une seule fleur suffira pour vous permettre de reconnaître l'espèce et ne pas vous laisser tromper.

Gardez-vous, d'un autre côté, de les prendre trop fleuries, car vous ne pourriez en jouir longtemps, elles seraient presque épuisées.

Pourquoi vaut-il mieux épouser une jeune fille de dix-huit ans qu'une femme de trente ans ?

C'est que la seconde est à son apogée et que le

déclin arrivera vite, tandis que la première a.
devant elle douze ans d'épanouissement.

Telle la plante, qu'il ne faut acheter qu'au
début de sa floraison.

Votre jacinthe acquise, mettez-la dans un pot
contenant de la terre ordinaire, de la terre de
bruyère et du terreau ; puis donnez-lui un tuteur,
placé de telle façon qu'il n'endommage pas l'oignon.

Que votre plante soit le plus près possible de
la fenêtre, afin qu'elle ait du jour et de l'air :
préservez-la toutefois contre l'humidité, le froid
et les coups de soleil.

En juillet, les fleurs seront finies, les feuilles
seront desséchées, et vous lèverez alors vos oignons pour les planter vers octobre.

Vous savez, pour aujourd'hui, tout ce qu'il
vous importe de savoir.

Je n'ai plus qu'une légende à vous raconter
sur la jacinthe, et un aveu à vous faire.

On raconte qu'Apollon ayant frappé involon-
tairement à la tête le jeune et beau Hyacinthe,
alors qu'il jouait au disque avec lui, le dieu
changea en fleurs les gouttes de sang qui cou-
laient de la plaie et donna à ces fleurs le nom de
son ami.

C'est poétique, et, peut-être par cette raison même, de pure imagination.

Ce qui est plus vrai, hélas ! c'est que, originaire du Levant, la jacinthe est cultivée avec une grande supériorité par les Hollandais, qui en possèdent plus de deux mille variétés.

La jacinthe de Harlem est plus délicate, plus jolie que celle de Paris, et voilà l'aveu qui coûte à mon patriotisme.

Enfin, je me console... en regardant la colonne.

AVRIL

Le temps est au beau : à l'œuvre, chers lecteurs, c'est l'heure des labourages, des greffages,
des marcotages, c'est l'heure des semis.

Vous pouvez semer en pots ou dans des caisses
pleines de terre les balsamines, les capucines,
les pois de senteur, le réséda, le volubilis, les
violettes, les giroflées quarantaines, les haricots
d'Espagne, les œillets.

Je vous parlerai de toutes ces fleurs en détail.
A un point de vue général, laissez-moi vous
dire que si vous ne voulez pas attendre trop
longtemps, quoique la végétation soit dans sa
période active, vous trouverez ces plantes au
marché en bourriche, à des prix abordables, dix
ou quinze centimes la touffe ou le pied.

Vous userez alors des procédés déjà indiqués

par moi pour les *empoter*, et vous les ferez passer de la chambre sur la fenêtre, où il ne faudra pas cependant les exposer trop imprudemment aux premières ardeurs du soleil.

Il n'est pas plus hygiénique de griller que de geler.

Quant à l'arrosement, il doit entretenir la fraîcheur et non l'humidité.

Ceci réglé, passons à chaque sujet en particulier, et commençons par la violette, la fleur chère aux dames.

MAI

La violette. — Si j'avais la plume poétique de Tony Révillon, quel article j'écrirais sur la violette, cette fleur si gracieuse, cet emblème si touchant!

Je vous raconterais l'amour d'Apollon pour la nymphe Io, les luttes vertueuses de cette pudique jeune fille, et sa métamorphose en violette.

Je vous représenterais Vulcain se couronnant de violettes pour plaire à Vénus.

Mais je suis jardinier, et vous exigez de moi de la *floramiculture.* En voici donc :

Ce serait le temps de semer les violettes si vous en voulez avoir pour l'hiver. Peut-être cependant feriez-vous mieux de les acheter déjà poussées; mais alors il faudra vous livrer dès maintenant à un petit travail fort intéressant qui vous permettra d'avoir de la violette en arbustes, coup d'œil très-joli.

Vous prenez un pied de violette *double :* vous le plantez dans un pot assez grand, puis vous soulevez chacune des petites branches de la plante, et vous la reliez à un tuteur, à l'aide d'un bout de laine. Vous donnez à ces tuteurs en osier la forme que vous désirez, soit ovale, soit droite, soit ronde, soit irradiée, et à mesure que les pousses se développent, vous les rattachez avec précaution dans les sens divers nécessités par votre plan projeté.

Par ce procédé vous obtiendrez un ensemble harmonieux et comme une guirlande de violettes.

Les fleurs apparaissent rares pendant le printemps et l'été, fort abondantes à la fin de l'automne, et pendant l'hiver, si vous donnez avec intelligence les soins usités et dont je ne recommence pas l'énumération. Dès que la fleur est fanée, il faut la couper : vous laisserez ainsi l'essor aux nouvelles arrivantes.

D'ailleurs, la violette est vivace et croît sans distinction de lieux.

Vous savez qu'on la trouve à l'état naturel, aussi bien sur le plateau élevé de la montagne

que dans le vallon et sur le gazon de la prairie ;
en Sibérie même, elle montre sa corolle d'azur
au-dessus des neiges et sourit doucement à l'œil
attristé de l'exilé.

Il y a 105 espèces de violettes : les variétés les
plus connues sont la violette des quatre saisons,
fleurissant toute l'année, et la violette de Parme,
qu'on cultive sous châssis et dont la fleur, d'un
bleu très-pâle, est assez recherchée par nos élé-
gantes.

Je vous aurai tout dit sur les violettes, si
j'ajoute que cette plante joue un rôle des plus
actifs dans le langage des fleurs.

Vous n'ignorez pas qu'en 1815 elle avait une
signification politique et rappelait la dynastie
napoléonienne.

La violette blanche, mise dans un bouquet,
signifie *l'innocence ;* la violette tirant sur le jaune,
la beauté passée ; la violette double, *l'amitié réci-
proque ;* la violette entourée de feuilles, *l'amour
timide*, et la violette ordinaire, la *modestie*.

Ah ! j'allais oublier que les fleurs de violettes
desséchées font de la tisane excellente.

Tant de mérites, et tant d'humilité ! Les hommes ne sont pas ainsi...

Vers les premiers jours de mai il est temps de
préparer l'encadrement des croisées.

C'est là une double opération : l'une est du
ressort du treillageur, l'autre du ressort de
l'horticulteur. Il faut aujourd'hui que je commence par faire une excursion dans le premier
domaine.

Il y a bien des précautions à prendre pour
transporter sur l'appui de vos croisées vos plantes bien-aimées. Il ne faut pas, en effet, risquer
de tuer ou de blesser les passants, et pour ce, il
faut que les pots soient bien solidement éta-
blis.

Le moyen le plus ingénieux, si la fenêtre est
basse, est de poser un petit treillage depuis le
pied jusqu'à hauteur d'appui des coudes. Le long
de ce treillage, en deux ou trois étages, suivant
la hauteur de la fenêtre, vous adaptez des ta-
blettes, et vous placez dessus les pots, qui se
trouvent ainsi doublement étagés et qui ne
peuvent, quelque vent qu'il fasse, se livrer à
une promenade extra-réglementaire dans la
rue.

On peut aussi construire, dans la largeur de la
baie, des caisses retenues aux quatre coins et au

milieu par des fils de fer : c'est là un excellent procédé, quand il peut être employé, car il permet aux fleurs de pousser presque comme en pleine terre.

Voilà pour la partie inférieure de la fenêtre.

Pour la partie supérieure, il faut, ou continuer le treillage, soit contre les parois du mur, soit, ce que je ne conseille guère, dans la partie médiate, ou bien enfoncer dans le mur, et à distance inégale, des clous reliés par des fils de fer et même des ficelles agrémentées de joncs affectant des formes diverses, suivant le caprice de l'amateur.

Que mettrez-vous dans ce cadre ?

Cela dépend beaucoup de la situation de votre appartement. Si vos fenêtres sont exposées au midi, vous pouvez tout vous permettre : au nord votre culture sera peu favorisée. Mais sans vouloir faire des classifications trop décourageantes ou trop méticuleuses, sachez qu'il suffit que le soleil darde trois ou quatre heures sur votre logement pour que vous puissiez espérer des fleurs et de la verdure.

De tous les sujets que vous pourrez choisir, les principaux et les plus vivaces sont :

La Capucine (voir p. 37.)

1° Le lierre, et particulièrement le lierre d'Irlande ;

2° Le volubilis ;

3° Les haricots d'Espagne ;

4° Les cobéas ;

5. Les capucines.

JUIN

Ce n'est guère que depuis quelques années qu'on se sert, pour les ornementations, du lierre d'Irlande. Il croît plus rapidement que le lierre ordinaire, et ses feuilles sont plus larges et plus brillantes. Vous pouvez le mettre à toute exposition. Ce n'est pas une plante douillette, et vous le savez à merveille, puisque vous voyez ce lierre pousser naturellement sur le tronc des vieux arbres, le long des murs en ruines.

La terre doit être tenue assez sèche. Vous pouvez, grâce aux procédés déjà indiqués par nous, arriver à produire une multiplication fort harmonieuse des branches.

Oserai-je ajouter, pour terminer cette monographie du lierre, que ses feuilles s'emploient

en médecine pour entretenir une fraîcheur hygiénique ?

Le volubilis est la fleur la plus délicate de
celles que j'ai indiquées. Ses clochettes de diverses couleurs, roses, bleues, blanches et nuancées
sont d'un effet très-pittoresque.

Exposées au grand soleil, elles se ferment,
affectant la forme d'une oreille ; mais, dès que
la fraîcheur apparaît, elles s'entr'ouvrent de
nouveau pour laisser voir leur corolle comme
rafraîchie par cette retraite momentanée.

Cette plante a des tendances à monter et à
s'étendre fort haut : à vous de voir quels ébats
vous devez lui laisser prendre.

Dès que la fleur commence à pousser, il faut
la couper et ne pas laisser porter graine, car il
serait mauvais de fatiguer le pied. Arrosement
ordinaire ; pas d'autres soins.

On peut semer dans le même pot que le volubilis quelques capucines : suivant moi les capucines brunes sont préférables ; les fleurs en durent
tout l'été. Il leur faut de l'eau chaque jour. Les
graines en doivent être cueillies avant leur ma-
turité pour les faire confire au vinaigre et rem-
placer les câpres.

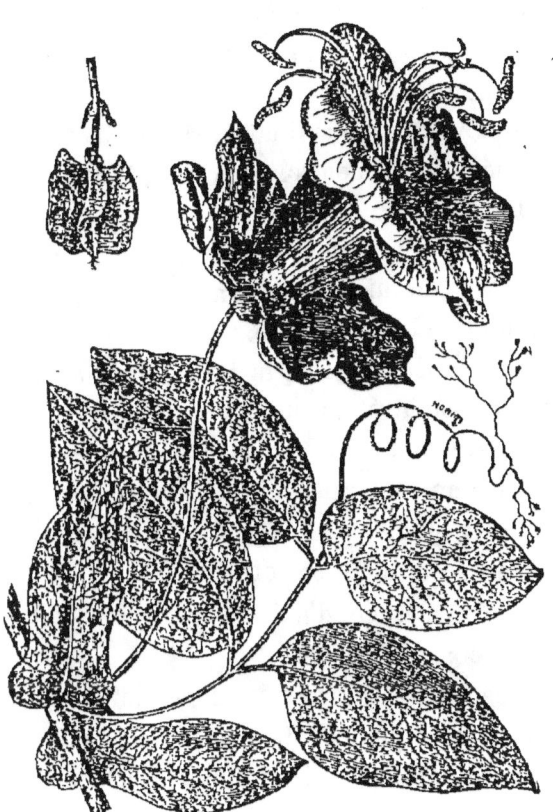

Le Cobéa (voir p. 42.)

Je passe, vous le voyez, du domaine hygiénique au domaine gastronomique.

« Toutes les sciences sont sœurs, » s'écrierait
M. Prudhomme.

A ce point de vue culinaire, le haricot d'Espagne mérite une mention spéciale ; il est très-
bon à manger.

Ses fleurs en grappes, et d'un rouge écarlate,
apparaissent de juillet à septembre.

Toute terre est suffisante.

Enfin le cobéa, qu'on a le tort d'appeler vulgairement *gobéa*, et qui nous vient du Mexique,
a, comme le volubilis, et avec plus d'énergie que
lui, le don de courir au loin. Il irait fort bien
rejoindre la fenêtre d'en face si *le* ou *la* locataire
consentait à cette union floréale.

Le cobéa n'exige d'autre précaution qu'une
fraîcheur constante.

Très-peu de graines de toutes ces plantes grim-
pantes suffisent pour avoir des sujets en nombre
assez considérable à utiliser l'année prochaine.

JUILLET

Voici le moment favorable pour la séve ; aussi les fleurs abondent sur les marchés et vous n'avez pour ainsi dire que l'embarras du choix. Seulement, pour le jardin sur la fenêtre, le soleil est un peu piquant, et si vous n'y prenez garde, vous risquez de faire griller bien vite les plantes que vous aurez acquises. Tâchez donc de ne mettre à l'exposition la plus méridionale que les sujets les moins sensibles.

Une recommandation que je me hâte de vous adresser, c'est de ne pas arroser sous l'ardeur du soleil. Il ne faut le faire que le matin ou le soir, avant l'arrivée du soleil ou après sa disparition.

Puisque je vous parle du soleil, permettez-moi de vous dire quelques mots d'une plante que je vous conseille de mettre dans vos appartements en ce moment, et qui tire son nom de ce que, d'après la croyance vulgaire, sa fleur suivrait, dans sa pousse, la direction du soleil. C'est l'héliotrope. (Le mot grec *élios* veut dire soleil, et *trepô*, je tourne : c'est un sens analogue à celui de *tournesol*.)

L'héliotrope produit de petites fleurs bleuâtres exhalant une odeur délicieuse de vanille. Elles durent et se renouvellent jusqu'en novembre.

Il lui faut le plus d'air possible, et une grande lumière ; mais il craint le froid.

Vous devez l'arroser fréquemment en été et rarement en hiver. A cette dernière époque, vous n'avez qu'à le mettre près de vos fenêtres et à le placer de temps en temps dans une assiette remplie d'eau à la température de la chambre.

Bien cultivé, l'héliotrope peut s'élever en arbrisseau jusqu'à un mètre, si, comme je vous l'ai dit dans un de mes précédents conseils à propos de la violette, vous avez le soin : 1° de ne pas fatiguer le plant en ne lui laissant pas trop de fleurs, et en lui enlevant les feuilles mortes; 2° de lui mettre des tuteurs disposés suivant les directions que vous voulez qu'il prenne.

C'est l'*héliotrope vanillé* qu'il faut demander au marché, et non pas le faux héliotrope des champs, qui n'exhale presque pas d'odeur. On appelle cette espèce l'herbe aux verrues, parce que le suc de cette plante fait tomber ces désagréables appendices de notre peau.

Il y a d'ailleurs douze variétés d'héliotropes : les plus connues sont l'héliotrope *grandiflorum*, qui fleurit presque toute l'année, même en hiver; l'héliotrope *triomphe de Liége*, très-cher à nos voisins les Belges, et enfin l'héliotrope *voltairien*, que les libres penseurs et les lecteurs du *Siècle* sont libres de préférer.

Pour tous il faut les mêmes soins.

J'avoue mon peu d'affection pour les fleurs non odorantes. Voilà pourquoi je ne vous ai pas encore parlé d'une plante très en honneur dans les maisons, le *fuchsia*, appelé par tant de gens *fluxia*.

Il y a peu de fleurs qui aient été aussi travaillées par l'homme : la culture en a varié les formes à l'infini, grâce à des croisements sans nombre et fort ingénieux.

La grande affaire, pour les amateurs, c'est que la corolle et le calice aient des teintes différentes et très-tranchées. On est arrivé à produire des espèces très-diverses et très-éclatantes, ayant tour à tour la vogue et se détrônant chacune tour à tour. Les espèces les plus recherchées aujourd'hui sont : le Daniel-Lambert, le Don-Juan à fleur rouge, l'Elisabeth à fleur blanche, l'Impératrice Eugénie à corolle striée, le Malakoff à fleur double, le Président-Porcher à fleur rouge, le Viala à fleur rose.

Les fuchsias demandent une lumière vive, les arrosements fréquents et beaucoup d'air.

Dès que les boutons se montrent, il faut avoir soin de les mettre à l'abri de la trop grande chaleur et dans une exposition demi-ombragée. Les feuilles ont besoin d'être bassinées.

La terre qui leur convient est la terre de bruyère mélangée par moitié avec de la terre franche.

Si vous voulez avoir des fuchsias modèles, offrant aux regards de belles fleurs, il faut pratiquer l'opération du *pincement*, opération qui consiste à couper avec les ongles l'extrémité des jeunes rameaux, pour favoriser, en les arrêtant, le développement des autres branches.

Le fuchsia n'est pas un arbuste délicat : son principal ennemi est le puceron, qui en paraît

assez friand. Vous le détruisez facilement par
des fumigations de tabac, ce qui vous fournira le
prétexte de fumer dans votre appartement, si
cette faculté vous est interdite.

Un peu d'érudition pour finir. Si l'on en croit
le *Bon Jardinier*, c'est vers la fin du dix-septième
siècle que le père Plumier, religieux minime,
découvrit le premier fuchsia, qu'il dédia à Léo-
nard Fuchs. Presque toutes, les espèces de
fuchsias appartiennent aux régions centrales et
méridionales de l'Amérique, notamment le
Mexique, le Chili, le Pérou.

Son acclimatation a si bien réussi, que c'est
maintenant une des plantes les plus communes
sur nos marchés aux fleurs.

AOUT

Hâtons-nous de parler du glaïeul, en latin *gladiolus*, c'est-à-dire *petit glaive*.

C'est une plante dont la racine est bulbeuse, la tige élancée, les feuilles oblongues, les fleurs en épi unilatéral, forme d'entonnoir ou distique, roses, carnées, blanches ou *rouges*, suivant la variété : en somme, d'un joli et gracieux aspect.

Il y en a une quarantaine d'espèces, dont les noms sont ou *musicaux*, comme ceux du glaïeul Rossini, Mozart, Meyerbeer et Félicien David ; ou *politiques*, par exemple le glaïeul Napoléon III et Impératrice Eugénie ; ou *comiques*, comme le glaïeul Benoiton, Aglaé et Oscar.

Ses fleurs ne durent que jusqu'à la fin d'août : elles ornent délicieusement une fenêtre si vous les mettez sur un rang, dans une caisse, avec 20 centimètres de terre de bruyère et du terreau.

Une fois la floraison terminée, vous les laissez au soleil ; lorsque les feuilles sont fanées, ayez soin de relever et de nettoyer les oignons, et de les tenir dans un endroit sec, jusqu'au mois d'octobre, époque à laquelle vous les plantez. On pourrait cependant différer cette dernière opération jusqu'en avril.

L'arrosage du glaïeul doit être abondant pendant les chaleurs.

Le roi des glaïeuls était celui auquel un célèbre horticulteur gantois, M. Van Houtte, avait attribué son nom : il n'a qu'à prendre garde à son sceptre : Timothée Trimm aspire au premier rang.

Vous appelez tous *balsamine*... une balsamine. Eh bien, ce n'est pas son vrai nom. Dans les livres *sérieux*, cette fleur est classée sous le mot d'*impatiens*, impatiente, ou *noli me tangere*, ne me touchez pas.

On parle beaucoup latin en horticulture.

Suivant M. Lemaire, voici la raison de cette appellation :

La graine de la balsamine est renfermée dans des capsules à valves longitudinales très-élasti-

ques, s'enroulant vivement et jetant au loin leurs
graines au moindre attouchement; lorsqu'elles
sont mûres, elles éclatent d'elles-mêmes.

C'est en effet de l'impatience, ou je ne m'y
connais pas !

La balsamine est une plante populaire et jus-
tement aimée, car le coloris de ses fleurs est
vraiment remarquable.

La culture a rendu très-grand le nombre des
variétés de cette espèce.

Ainsi il y a des balsamines blanches, roses,
rouges, violettes, simples ou doubles, unicolores
ou panachées. On les divise en variétés *à rameaux*, et en variétés *camélias*.

La balsamine a besoin de beaucoup d'eau et
réclame une bonne exposition.

Pour les planter, il faut une trouée assez large,
de la terre généreuse composée des éléments
les plus riches.

Je vous conseille très-vivement de les utiliser
comme bordure de fenêtres : c'est d'un aspect
fort gai et fort plaisant : le vert des feuilles si
gracieuses se marie très-bien avec le rouge des
fleurs étagées le long de la tige.

Le procédé pour obtenir cette pittoresque
bordure est toujours le même : une caisse oblon-

gue, pleine de terreau s'étendant dans l'entre-
bâillement de la fenêtre, et bien retenue par des
fils de fer aux barreaux et à des pitons de ren-
fort.

Prenons garde de commettre des homicides
par imprudence et par passion pour les fleurs.

Aimez-vous l'œillet ?

Les Grecs et les Romains en raffolaient.

Les jeunes filles de l'antiquité s'en paraient
avec coquetterie et le portaient sur leur peplum
blanc.

Inconnu en France jusqu'au temps de saint
Louis, il fut, dit-on, rapporté d'Afrique par ce
roi.

Cincinnatus allait à la charrue après la vic-
toire : le grand Condé, lui, après ses combats,
cultivait l'œillet.

Vous voyez que si vous avez du goût pour cette
fleur, ce n'est pas un goût commun, quoique la
plante soit devenue elle-même un peu commune.
C'est que ses variétés sont innombrables. Il en
est jusqu'à huit cents que je pourrais nommer.
Aussi les classifications abondent-elles. Je vous
en fais grâce.

Pour la culture de l'œillet en pot, je ne puis

que reproduire les excellents conseils donnés
par le *Jardinier fleuriste*.

« Choisissez une terre argileuse, ajoutez-y un
tiers de terreau de feuilles, ou un quart seulement de fumier de vache bien consommé; pré-
parez ce compost au moins six mois avant de
vous en servir. On le passe à travers un tamis
pour rendre cette terre plus douce au toucher ;
elle doit être onctueuse et se diviser facilement
entre les doigts ; ajoutez alors un tiers de sable.
Les pots doivent être bien drainés, mis dans une
place où l'air puisse circuler librement. Pendant
la floraison, il faut garantir les plantes d'un soleil trop ardent, du vent et de la pluie. On doit
régulariser avec soin les arrosements ; modérés
d'abord, plus fréquents au fur et à mesure que
les chaleurs augmentent, plus rares après la
floraison et quand la végétation a cessé. On ne
perdra pas de vue cette particularité de l'œillet,
c'est qu'il ne se remet jamais une fois qu'il a
souffert de la sécheresse. En hiver, on n'arrose
que quand la terre commence à se dessécher et
l'on évite de mouiller les feuilles. Pendant cette
même saison, les œillets doivent être constam-
ment aérés, même pendant les gelées ; l'exposition la plus froide, qui maintiendra les plantes

L'ŒILLET (voir p. 51.)

en repos complet jusque vers la fin de février ou le commencement de mars, est la meilleure. Si la végétation commence trop tôt, les tiges restent trop faibles pour donner une bonne floraison. »

Ajoutons que les branches de l'œillet ont besoin d'être soutenues par de petits tuteurs et rattachées par des bouts de laine ou du jonc humide.

Pour entretenir une collection d'œillets, on a recours au semis, au marcottage, aux boutures, aux greffes ; mais ce ne sont point des opérations du domaine de la fenêtre ou de la chambre dans les jardins seuls on s'y peut livrer.

Terminons donc cette petite monographie de l'œillet, en vous recommandant surtout comme coup d'œil, et quoiqu'ils soient annuels, l'œillet de poëte, l'œillet d'Espagne, l'œillet de la Chine.

Quant à l'œillet d'Inde, il a ses détracteurs et ses partisans. Je laisse les opinions libres.

SEPTEMBRE

L'hortensia fleurit jusqu'en novembre.

Nous pouvons donc encore utilement en parler. Cette plante n'exhale aucun parfum, mais elle fait bien sur une fenêtre ou dans l'appartement. Son beau feuillage vert, ses grandes fleurs roses offrent un ensemble fort harmonieux.

Quand l'hiver n'est pas trop rigoureux, les feuilles sont persistantes ; c'est donc une plante précieuse pour les jardins en chambre.

Il faut mettre l'hortensia dans une terre de bruyère très-fraîche, et changer cette terre une fois l'an.

Le soleil est l'ennemi le plus terrible de l'hortensia : tenez donc toujours vos pots à l'ombre ; arrosez fréquemment en été.

L'hiver, vous pouvez les laisser dehors, sauf

les jours de forte gelée : mais il faut avoir soin de couvrir le pot ou la caisse de feuilles sèches ou de paille.

Cette précaution doit être prise jusqu'au mois d'avril.

A ce moment vous couperez tous les rameaux qui ont souffert du froid, et ceux qui entraveraient la marche de la plante.

A mesure que la saison avance, les fleurs de l'hortensia passent du rose délicat au rose violacé, puis au rouge pourpre et au blanc sale. Ne vous effrayez pas de cette transformation, et n'en augurez point mal pour le sujet, c'est la succession naturelle de sa coloration.

La Normandie est le pays où l'on trouve les plus belles espèces d'hortensia, à cause de son climat doux et un peu humide.

L'hortensia date de la première République.

Il a été apporté en Europe en 1790 ; il n'a pas été dédié à la reine Hortense, comme beaucoup de personnes le supposent : sa marraine fut madame Hortense Lepaute, la femme d'un horloger bien connu.

On appelle aussi l'hortensia la rose du Japon : une rose, je le veux bien, mais une rose, hélas ! sans parfum et sans ces couleurs adorables du

L'Hortensia (voir p. 55.)

type le plus charmant de la grâce et de la beauté.

Je veux vous signaler une jolie plante vivace qui, tout en donnant actuellement des fleurs, prolonge encore sa floraison jusqu'en décembre et même jusqu'en janvier, quand les soins donnés sont habiles et vigilants.

Cette plante est le chrysanthème.

En somme, le chrysanthème n'est autre chose que la grande marguerite des prés ; mais en passant de la prairie au jardin, elle a acquis, par la culture, un éclat et un développement plus considérables.

Ce n'est pas en horticulture que l'homme montre le moins ce qu'il peut faire avec son génie et sa patience sur les productions de la nature.

Il y a deux espèces de chrysanthème qui conviennent surtout aux jardins et aux appartements : ce sont (tenez-vous bien, je vais parler latin) le *chrisanthemum indicum, pyrethrum sinense,* et *pyrethrum indicum.*

Ces espèces sont de constitution très-solide. Elles se contentent de toute terre.

Elles s'élèvent jusqu'à un mètre : leur odeur

est résineuse et aromatique. Le coloris et la forme de leurs fleurons sont très-variés. En mars il faut, suivant l'opinion de Lemaire, éclater les pieds, les mettre en place aussitôt, puis pincer les tiges pour les tenir basses et les faire ramifier et fleurir plus abondamment.

En été, l'arrosement doit être abondant.

La terre sera utilement changée tous les deux ans au moins.

Pour obtenir de petits rejetons propres à placer sur la cheminée, ou dans une jardinière à l'intérieur de la maison, il suffira de couper des rameaux un peu avant l'apparition des boutons à fleurs et de faire des boutures.

Un horticulteur d'Orléans, M. Bernian, a écrit la monographie du chrysanthème de l'Inde et signale deux cent cinquante variétés.

Trop de fleurs! comme dit Calchas.

OCTOBRE

Octobre est un mois auquel sourit encore la déesse Flore, et le soleil qui brille parfois tardivement est propice au développement des plantes tardives qui récréent encore nos yeux et nous donnent comme une dernière image du printemps.

Prenez garde, toutefois, de vous laisser égarer par ce miroitement trompeur des rayons du soleil, et songez à faire revenir dans votre appartement toutes vos plantes, à l'exception de celles qui sont **vivaces** et dont on peut reculer la rentrée.

Quant aux plantes grasses, ce sont les premières qu'il faut sortir de la fenêtre.

En effet, si la journée est belle, les matinées et les soirées sont fraîches ; les brouillards,

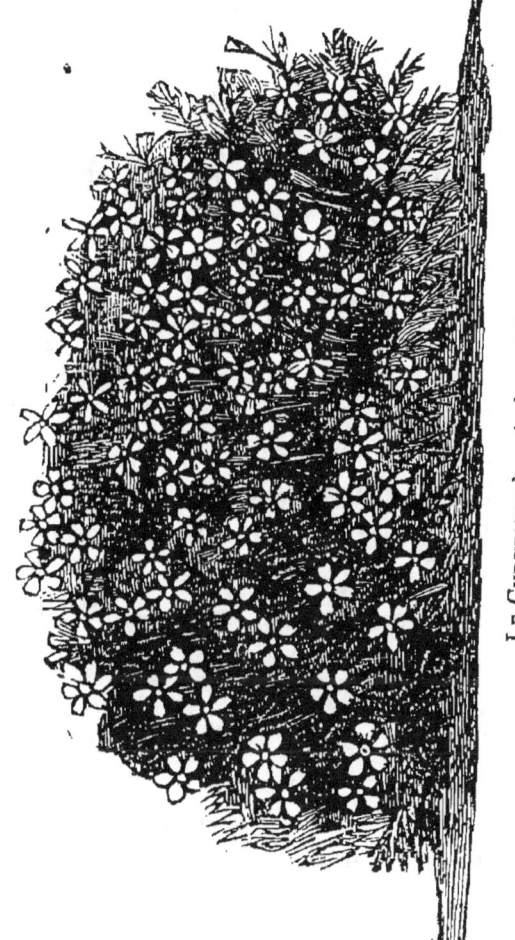

Le Chrysanthème (voir p. 58.)

ennemis mortels de toute fleur, commencent à se
répandre sur l'atmosphère, et les gelées blanches
elles-mêmes pourraient survenir inopinément.

Il est, en outre, une autre raison que vous
comprendrez facilement.

Si, vous fiant à la température du dehors,
vous laissez vos pots exposés sur la fenêtre, et
que vous ne les rentriez que vers l'époque où
vous allumerez du feu à l'intérieur, la transition
ne sera pas assez habilement ménagée, et vos
fleurs, éprouvant la sensation brusque d'une chaleur assez intense, au sortir d'une fraîcheur
voisine du froid, seront condamnées, sinon à
périr, du moins à souffrir.

En les mettant, au contraire, dès maintenant,
dans votre appartement sans feu, suffisamment
aéré, puisque vous ouvrez encore vos fenêtres
dans l'après-midi, elles passeront avec vous par
les différents degrés de chaleur que vous établirez
dans la chambre, d'après le mouvement ascen-
sionnel du froid au dehors, et se trouveront à
merveille de cette gradation qui ménagera leur
frêle constitution.

Ai-je besoin de vous rappeler que voilà le
moment où il faut une grande sobriété dans l'arrosement? La terre doit être seulement humide,

et vous obtiendrez ce résultat d'une façon pour ainsi dire mathématique, en procédant par de très-petits arrosements réitérés.

N'oubliez pas non plus qu'il importe beaucoup que l'eau soit à la même température que la pièce où séjournent vos plantes.

L'eau a, comme toute chose ici-bas, sa bonne et sa mauvaise influence suivant l'emploi qu'on en fait, et cela me rappelle le mot de Quinte-Curce disant que la fraîcheur du fleuve Oxus avait enlevé à Alexandre plus d'hommes que toutes ses batailles.

C'est en octobre que les dahlias sont dans leur plus grande force ; parlons donc de cette plante, qui n'est connue en France que depuis l'année 1800, mais parlons-en vite, car ils vont bientôt disparaître. Leur apogée est près de leur déclin.

On les a cultivés avec tant de soin qu'on est arrivé à en créer des milliers de variétés, et à coup sûr vous avez vu dans les expositions d'horticulture ces collections vraiment merveilleuses de dahlias aux couleurs multiples.

On les divise en deux grandes classes :

Les *tuyautés*, dont les demi-fleurons sont roulés en cornet, et les *imbriqués*, dont les demi-fleurons sont plats et disposés comme les tuiles d'un toit.

Les amateurs donnent à la première classe la préférence.

Les dahlias demandent le grand air. Il ne faut donc pas espérer en faire dans l'appartement une culture sérieuse. Mais, quand ils sont venus en pot, on peut fort bien jouir des fleurs dans la chambre. La chaleur intérieure favorise au contraire leur épanouissement, et si elles durent peu, elles jettent au moins par leur coloris une gaieté réelle dans la maison.

Le dahlia s'est approprié aujourd'hui toutes les nuances, du blanc, du rouge et du jaune, soit pures, soit mélangées par teintes fondues et par gradations insensibles, soit enfin *panachées* (si vous me permettez l'expression).

Il n'y a que la couleur bleue à laquelle il semble obstinément réfractaire ; voilà pourquoi l'on assimile le dahlia bleu au merle blanc et à toutes les impossibilités rêvées par le cerveau humain.

Mais qui sait ? l'impossible d'aujourd'hui est le possible de demain !

Les gelées sont la mort du dahlia. Il faut donc le garantir de ce danger et le soumettre à une exposition chaude.

LE DAHLIA (voir p. 63.)

La terre dans laquelle il vit doit être profondément ameublie, légère et substantielle.

Tant qu'il fait chaud, on peut arroser abondamment.

Dès que le froid a détruit la tige et les fleurs, on coupe la tige à 15 centimètres au-dessus de la racine et on laisse la plante en terre jusqu'aux approches des gelées, afin qu'elle puisse mûrir complétement ses tubercules. Alors on enlève ceux-ci avec précaution, autant que possible dans une journée claire et point humide ; on les laisse quelques heures à l'air, et, après les avoir nettoyés, on les serre dans un endroit sec.

On multiplie le dahlia par la séparation des tubercules, par boutures, par greffe et par semis ; mais je ne m'étends pas sur ces opérations, qui dépassent nos pouvoirs de jardinier en chambre.

NOVEMBRE

Voilà octobre fini : Avez-vous planté vos oignons à fleurs, à l'exception du lis et du glaïeul ?

Il fallait si vous avez des oignons de crocus,
de narcisses, de jacinthes, de tulipes, vous livrer .
à cette opération, garantie de l'avenir.

Hâtez-vous donc, dans ce cas, où vous auriez
manqué à ce devoir.

C'est aussi le moment de planter, à l'intérieur
de l'appartement, les griffes ou pattes de renoncules et d'anémones, les perce-neige et l'hellébore.

Les renoncules donnent de jolies fleurs aux
couleurs les plus diverses, vers le mois de mai.

Avant de planter les griffes de renoncules on
doit les faire séjourner pendant douze heures

dans une eau mélangée de suie. Cette opération
a un double but : chasser les insectes, et donner
aux racines une moins grande fragilité.

Vous les enfoncez ensuite, avec précaution,
dans une terre composée de terreau et de terre
de bruyère, à une profondeur de six centimètres.

Vous prenez garde au froid pendant l'hiver ;
et dès que les feuilles sont sorties, vous maintenez la terre assez fraîche.

Après la floraison terminée, vous levez les
griffes et vous les conservez dans un lieu sec
jusqu'à l'automne, ou mieux jusqu'au printemps,
si vous voulez faire vos plantations à l'air.

Toutes les renoncules sont de nature plus ou
moins vénéneuses. A bon entendeur, salut !

L'anémone est proche parente de la renoncule.
Elle donne aussi au printemps de nombreuses
fleurs rouges, blanches ou bleues, simples, semi-
doubles ou doubles.

La terre qui la nourrit doit être légère et
chaude. Elle demande les mêmes soins que la
renoncule ; elle a, comme celle-ci, des propriétés
vénéneuses, et les sauvages du Kamtschatka se
servent, dit-on, d'une de ses variétés pour em-
poisonner leurs flèches, le chassepot n'étant pas
encore entré dans cette civilisation.

La Renoncule bouton d'or (voir p. 68.)

Pas de soins spéciaux pour le perce-neige, qui fleurit au milieu du froid.

Quant à l'hellébore, aux feuilles grandes, dures, découpées et sombres de ton, vous verrez ses fleurs d'un rose tendre apparaître, alors que la nature semble avoir caché tous ses trésors diaprés.

La racine de l'hellébore est un purgatif très-énergique et sert de remède dans l'hydropisie.

Dans l'antiquité, on la croyait propre à guérir la folie.

Quel malheur que les anciens se soient trompés ! voilà une herbe qui servirait joliment en 1870 !

La Renoncule grande douve

Paris. — Typ. Rougo frères et Comp., rue du Four-St-Germ., 43.

www.ingramcontent.com/pod-product-compliance
Lightning Source LLC
Chambersburg PA
CBHW070816260626
47161CB00006B/2309